영
원
의

정
원

십 이 국 기   화 집   1
久 遠 の 庭

야마다 아키히로 지음

엘릭시르

영원의 정원

십 이 국 기 화 집 1
久 遠 の 庭

'십이국기' 시리즈의 그림을 모은 제1권이 나오게 되었다.
헤아려보니 시리즈의 첫 권인 『마성의 아이』가 출간된 지 23년이 지났다.

1991년 늦여름.
신초 문고에서 시리즈가 아닌 단권 호러 소설 『마성의 아이』의 표지 그림을 그렸다. 이때는 아직 이 작품이 열두 왕국을 배경으로 얽힌 거대한 작품군의 시작이 될 줄은 독자도 삽화가도 몰랐다.

이듬해 고단샤에서 작업을 하나 제안했다. 출판사는 다르지만 『마성의 아이』와 세계관을 공유하는 오노 후유미 씨의 시리즈라고 했다. 소녀 독자를 대상으로 한 청소년 소설 레이블인 화이트하트의 라인업에 들어가기로 결정된 모양이었다. 『달의 그림자 그림자의 바다』 상권이다. 나는 그 시점에서 아직 하권을 읽지 못했다. 이유도 모른 채 느닷없이 다른 세계에 내던져져 홀로 남겨진 나카지마 요코가 보는 세계를 나도 보았다. 게이키의 설명이 필요했던 것은 나도 마찬가지였다. 하권에 카타르시스가 준비되어 있다는 편집자의 말도 덜컥 믿기 어려웠다. 그만큼 무거운 이야기였다.

확실히 '십이국기' 시리즈는 유유자적 유람하는 꿈 이야기가 아니다. 그렇기에 소녀 대상 레이블에 들어가는 의미가 있다는 설득에 넘어갔고 내 역할은 저절로 결정되었다. 이 소설을 되도록 대중적으로 꾸미는 일이다. 부족하나마 삽화가의 입장에서 작품 평은 하지 않지만 그래도 작품이 압도적이라는 사실은 알고 있었다. 이야기 중심으로 생각하면 더 심각하고 삼엄한 그림체가 어울렸을 것이다. 하지만 군이 만화적인 기법을 사용했다. 결과적으로 어느 쪽으로 봐도 붕 뜬 것은 부정하지 않지만.

이런 그림이 있는 탓에 손이 가지 않았다는 독자에게는 미안하지만, 나중에 그림 없는 고단샤 문고판이 론칭되고 신작이 나오자 화이트하트보다 먼저 문고판으로 출판되었다. CD 드라마와 애니메이션, 게임 등의 미디어로 만들어지면서 더는 독자층이 어린 여성만으로 한정되지 않았고, 고단샤 문고의 팔림새는 삽화조차 필요하지 않음을 증명했다. 그런데도 여전히 삽화를 그리는 이유는 무엇일까. 이토록 천의는 헤아리기 어렵다. 작업이 모두 끝나면 이 세계의 천제에게 물어보도록 하겠다.

많은 중국 정원을 보고 모방 주술이라는 말이 떠올랐다. 기암, 산수, 동굴 입구 등으로 이루어지는 정원은 신선 이야기의 무대인 호중천壺中天 모형이며, 때로는 현실적인 세계의 모델이기도 하다. 궁극적으로 감상자마저 완벽한 조화 속에 담으려 하는 듯한 일본 정원과 달리 온갖 이야기와 이름이 부여되어 자연과 인공이 아름답게 갈등하고 있는 것 같다.
억지 해석인 것은 알고 있다. 하지만 기묘하게 인공적인 십이국의 지도와 그곳에 전개되는 이야기에 생각이 미칠 때마다 우주를 본뜬 중국 정원으로 헤매든 듯한 착각을 금할 길 없다. 잡초 그늘에는 희망의 싹이 숨어 있고, 일렁이는 마음이 연못 수면을 스쳐 분다. 나무 위에는 새로운 이야기가 피어나고, 동굴 입구를 지나면 백지였던 지도에 색이 칠해진다. 작자가 명명한 '영원의 정원'이란 그런 장소다.

선적仙籍에 들지 못한 사람의 스무 해 남짓은 짧은 듯 길다. 이 책에 담은 그림은 서툰 부분만 눈에 띄는 낡은 그림이지만, 시간마저 자유자재로 오가는 독자의 눈에 숨길 수도 없다. 그리워하며 보아주신다면 다행한 일이다.

2014년 누리달 기록하다

요코의 꿈에 나타난 이형의 무리.

| 짐승의 등에 타고 바다 위 빛나는 빛의 터널로 뛰어드는 요코.

개의 습격을 받고 돌멩이를 쥐고 응전하는 요코.

신세 진 여자의 배웅을 받으며 한적한 시골 마을을 걷는다.

요마의 습격을 받고 쓰러진 요코를 내려다보는 여자.

슈쇼
신 작

길가에 쓰러진 요코를 구해 간호하는 쥐.

| 거대한 새 요마 고초를 상대로 홀로 싸우는 요코.

라쿠슌에게 난과가 열리는 이목으로 안내받은 요코.

안국에서 연왕과 엔키를 찾아간 요코와 라쿠슌.

다이키가 든 난과가 '식'으로 떠내려가는 순간.

여선들에게 극진한 시중을 받는 어린 다이키.

『바람의 바다 미궁의 기슭』·상　　　　　　　　덤벼드는 남자로부터 다이키를 목숨 걸고 지키는 여괴 산시.

다이키에게 '기린'으로 전변한 모습을 보여주는 게이키. |

리사이의 기수인 천마를 만지는 다이키.

라쿠순

신 작

거대한 어둠 속, 요마 도철과 대치하는 다이키.

연왕에게 고두례를 강요당해 난감해하는 다이키.

갓난아이를 요마에게 내미는 고야.

인질로 잡힌 엔키 로쿠타와 아쓰유의 대면.

적색조가 끊어져 피범벅이 된 로쿠타.

아쓰유에게 검을 들이대는 쇼류.

경왕 요코의 즉위식을 축하하기 위해 방문한 쇼류와 로쿠타.

붙잡혀 대로로 끌려나온 쇼케이.

궁기에게 검을 휘두르는 요코.

세이슈를 끌어안은 스즈.

추격대로부터 도망치는 쇼케이에게 손을 내미는 남자.

기린을 타고 금군 앞에 나타난 경왕.

기수인 추우를 거느린 리코.

간큐에게 설교당하는 슈쇼.

인요의 습격을 받은 슈쇼.

옥을 엮은 끈을 몸에 걸친 견랑진군.

경왕에게 도움을 구하기 위해 경국 금파궁을 찾은 대국 장군 리사이와 검문하는 고쇼.

『황혼의 기슭 새벽의 하늘』· 상

측근에 둘러싸인 늠름한 교소.

대국 원조를 위해 경왕을 찾은 쇼류와 로쿠타.

리사이에게 달려오는 다이키. |

다이키의 수색을 둘러싸고 언쟁하는 요코와 쇼류.

경국을 방문한 범왕 고 란조와 한린.

『황혼의 기슭 새벽의 하늘』·하   교쿠요에게 도움을 청하는 리사이. |

다이키를 안아올린 교소.

경왕의 친서를 방국 혜주후에게 전하는 세이신.

요코의 서간을 가져온 새를 맞이하는 라쿠슌.

『화서의 꿈』「화서」

육관 앞에서 재국의 미래를 이야기하는 왕 시쇼. |

이미 말라비틀어진 가지를 꼭 쥔 사이린.

재회한 리코와 후칸.

『달의 그림자 그림자의 바다』 북미판 표지
TOKYOPOP 2007년

『도남의 날개』 북미판(미사용)

『황혼의 기슭 새벽의 하늘』 북미판(미사용)

CD 드라마 『마성의 아이』 재킷 뒷면
머큐리 뮤직 엔터테인먼트 1997년

고단샤X문고 CD북 『동의 해신 서의 창해』 소책자 표지

『야마다 아키히로 십이국기 엽서집』 신작 엽서   고단샤 2006년 |

『야마다 아키히로 십이국기 캘린더 2004』 신작
고단샤 2004년

『야마다 아키히로 십이국기 캘린더 2005』표지(애니메이션판)
고단샤 2005년

『야마다 아키히로 십이국기 캘린더 2006』 표지 (애니메이션판)

야마다 아키히로 山田章博

1957년 고치 현에서 태어났다. 현재 교토 부에 거주하고 있다.

2014년 교토 세이카 대학 만화 학부 객원 교수로 임용되었다.

1981년 「파담 파담」을 통해 만화가로 데뷔하였으며 대표작은 『BEAST of EAST─동방 현문록』, 『로도스도 전기─팰리스의 성녀』 등이 있다.

일러스트 작가로서도 많은 표지 그림, 삽화를 그렸는데, 그중에서도 '십이국기' 시리즈는 이십여 년에 걸친 대표작이라 할 수 있다.

그 밖에 게임, 애니메이션 캐릭터 원안, 영화 콘셉트 디자인 등의 작업도 하고 있다.

1996년 제27회 세이운상(아트 부문)을 수상했다.

영원의 정원
십이국기 화집 제1집

1쇄 발행 2017년 1월 11일
2쇄 발행 2023년 3월 10일
—

지은이 야마다 아키히로 | **옮긴이** 추지나 | **펴낸이** 김소영

책임편집 지혜림 | **편집** 임지호 | **북디자인** 이혜경디자인 | **저작권** 박지영 형소진 이영은

마케팅 정민호 이숙재 김도윤 한민아 이민경 안남영 김수현 왕지경 황승현 김혜원

브랜딩 함유지 함근아 박민재 김희숙 고보미 정승민

제작 강신은 김동욱 임현식 | **제작처** 영신사

펴낸곳 (주)문학동네 | **출판등록** 1993년 10월 22일 제2003-000045호

주소 10881 경기도 파주시 회동길 210

문의 편집 031.955.1901 | 마케팅 031.955.2696 | 팩스 02.333.8855

전자우편 editor@elmys.co.kr | **홈페이지** www.elmys.co.kr

ISBN 978-89-546-4369-6 (04830) | SET 978-89-546-4362-7
—

◎ 엘릭시르는 출판그룹 문학동네의 장르문학 브랜드입니다.